歌集

夜のボート

鶴田伊津

六花書林

夜のボート　＊　目次

I

Ⅲ

装幀　真田幸治

夜のボート

I

滑車

ぽんかんはぽんかんの香を放ちつつまはだかとなり人の掌のなか

垂直の雨を切りとり走り去る子をくわえたる黒猫の車

手術痕しろく残れるわたくしの下腹くすぐる羊歯の葉のあお

極私的かなしみのため泣きはせぬぞ日傘の影を移動させつつ

この世とは忘れてもよいことばかり蜆をひとつひとつ食みおり

鎮痛剤抗生剤と『蓼喰ふ虫』並べておきぬ夜半の目覚めに

注射針ひだりの腕にしずみゆきわれは「あめふりくまのこ」うたう

忘れゆくすべてのものを汲み上げて私のなかにまわる滑車は

ちびくろ・さんぼ

紀伊半島まず確かめる真ん中の赤く塗られし日本列島

紅羊歯のように震える心ありアジアを亜細亜と変換すれば

子を膝にのせてしずかに読み出しぬ『ちびくろ・さんぼ』岩波版を

見立てとは知りしものから「しんかんせん」と子は拾いたる石を走らす

子は脅ゆ風が落葉を集めるに蟻がわらわら歩いているに

ゆうぐれに開くというを教えたりオシロイバナに指を染めつつ

傷口のふさがりてゆく時の間に子はかなしみを言うようになる

安全ピン

雪の国知らぬわたしと子のめくる絵本に溶けてゆくゆきだるま

渡されし安全ピンの安全をはかりつつ子の胸にとめたり

思い通りにならないことの多ければ日に五度は泣く吾子の日常

誰にでも母親はいると思う子よ「ハイジのおかあさんはどこなの」

アンパンマン戦うたびに「こわいからテレビ変えて」と吾子は泣きたり

名前

早春のはなびら厚き花々に触れたる君の眼鏡の曇り

子の指の跡の残りしどろだんご陽光のなか乾きてゆきぬ

走りゆくものの背中を追うたびに脱皮ののちの蛇を思えり

クレヨンの鮮やかすぎる丸として子に描かれしわたしとあなた

まお・こはる・ゆい・はるな・ひより　子の友に「子」の字のつきし名を持つ子なし

露草

気詰まりを眠りに隠す人多し吾子と電車に乗り込みたれば

三年を子は成長の日々となしわれはひたすら雑草を抜く

ねこじゃらしほおずきむくげ七月に子の覚えたる植物の名よ

いつまでも我が手はなさぬ子のちから　母子分離なる儀式もありて

「来年は…」言い聞かすたびうつむきし子は露草の湿りを含む

子の描く丸に目鼻の描き込まれやがて手足の生えてきたりぬ

文句あるんやったら直に言いに来いフィクサー気取りの男を蔑す

もつれたる根をほどけずにいるごとく満身創痍　ええわどうでも

いや

放埓のこころほのかにきざしたる夕、手離しで自転車に乗る

落ち蟬を掌にのせし子はクスノキにすがらせようと背伸びしており

躊躇なく「いや」と言い切る三歳を叱ることにも疲れてしまう

子を持てば子を持つなりの生活をせよという声「まあだだよ」　まだ

思いきり叱れば部屋の隅にゆきぬいぐるみの耳かじりいる吾子

きみと子は枷だと責めているうちに泣く子以上に泣いてしまえり

馬の耳

肉体の厚みを持たず揺れているパジャマの裾に蟬はすがれり

子はバッタ追いかけて我はバッタ追う子を追いかけて朝露散らす

意地っ張り強情頑固内弁慶子は三歳のわれを映して

馬の耳そよがせている風の中　子は蒲公英の綿毛を探す

まだ青き団栗あまた散らばりし中に逃げ場のなき毛虫あり

団　栗

子はふたつわたしはよっっつ右脛に蚊の残したる晩夏《おそなつ》の地図

わが膝につかまり立ちをしていしが臍のあたりに顔を埋める

欲張りな子リスのように団栗を拾い集める子のせっかちよ

子の背は芒の揺れに飲み込まれそこより先は行ってはならぬ

D

51

閉じられし瞼の奥のまなざしを思いつつひとと別れゆきたり

義父《ちち》義母《はは》と大騒ぎにて子を風呂に入れしことなど枕辺に語る

落葉ののちの軽さをてのひらに握りしめれば秋、匂い立つ

D51の上から手を振る子にわれも手を振り返す　さよならさよなら

ニット帽目深に被り駆けていく焚き火の匂いなどせぬ町を

校正ごっこ

すこしずつからだの雄弁さを忘れ拗ねし三歳部屋隅にいる

冬空にわれと欅の屹立すここにいるから泣いてもいいか

霰。霰。ひと擲つように降ってきて　わたしあなたがきらいでならぬ

「新宮はどこにあるの」と探しいる東京地下鉄路線図に子は

もつれたる子の朝の髪梳かしつつ朝刊の見出しだけ確かめる

赤ペンと原稿用紙、マーカーを並べたる子の「校正ごっこ」

「みおちゃんママ」などと呼ばれて手を振りしわれはどんどん腑抜けとなりぬ

子の入園までにいくつの花の咲きいくつの花の散るのか春の

せいれいのみなみ

子はまさに葉桜が空狭めゆく勢いで入園を迎える

大きめの制服に身を包まれし三歳でこぼこ並びておりぬ

「ママはもうこなくていいよ」子の背に拒否されながら清々とあり

さくらすみれ組の名札を揺らしつつ子はブランコを漕ぎ上げている

「せいれいのみなみよって」はじめての子のお祈りは始められおり

子を乗せぬ自転車のペダル軽くあり飛ぶようにゆく飛ぶことはなく

「あっちいって」初めて吾子に投げられしことばいつまでも鳴りているらし

くっついてくっつきすぎて転びたる四歳互みに笑い合いつつ

往復切符

あと何度ちちははの住むあの家に戻れるだろう金柑揺るる

八月の帰るを還ると書き換えて往復切符ポケットに入れる

すこしずつ逃げ場なくしてゆくために子を幼稚園などに通わす

一年に一度熊野に戻りたるたびすうすうと腹が冷えたり

傷つきし桃の香りに寄りてゆく虫の羽音が耳から消えず

もういない

泳いで泳いでたどりつきたるその果てに続きし海、という嘘を書く

ひらがなの羅列がことばに変わりゆきクレヨンの黄の「うだがわみお」が

わが父と波間に遊ぶ四歳よ時折われに手を振りながら

来年は今年と違う夏なのだ浮き輪小さくたたみて仕舞う

水溜りに踏み込むわたしクスノキに登ったわたし　もういないわたし

茶　粥

順々に風邪をひきたる三人の家族茶粥をすすりておりぬ

もう眠るしかないときに一番のかなしみを言う子の手を握る

けんかとはことばを奪うものだった「ももちゃんね、みおとあそばないって」

制服の中の体が泳がなくなりし四歳泣くこと減りぬ

そこそこの母でよいのだ子の描くわたしの顔はわらってばかり

中瀬古理子

書き慣れぬ我が名を添えて投函す中瀬古理子となりし妹に

鈴

パペットのくまかく語る「ハチミツを味わうようにひとよを生きよ」

この頃は箴言めきし母の言に聞き入ることの多くなりたり

「そういえば」大事なことはいつよりか過ぎてしまってから思い出す

母国母港母語母音母船語句の中、母とは常にかえりつく場所

泣き声に怒声被せておりたれば上階の人身じろぐ気配

一通り叱りし後も止められず怒りは昨日の子にまで及ぶ

正確に時間は過ぎる（ほんとうか）子の長靴に新聞紙詰める

虐待と通報される日もあらむ激しく泣く子放っておけば

表情を直線にして子は立てり小さく揺るがぬプライドを負い

子のなかにちいさな鈴が鳴りているわたしが叱るたびに鳴りたり

就眠儀式

またひとつ「怖い」が減りて躊躇なく湯船にざぶり潜る五歳は

「お母さん」の続きを生きていくことをかなしと思うまた苦《にが》しとも

「おしまい」と一冊を閉じまた次の本を開けり就眠儀式

浅瀬のひかり

土の香の著き牛蒡を洗うとき素足涼しき浅瀬のひかり

伏せ置きし『徒然草』の背表紙にプリキュアシール貼られておりぬ

右ひざのすり傷左すねのあざ子は神妙な顔でみせたり

今日われの海は凪ぎおり眠る子の額の汗をぬぐってやれば

治る傷ならばいいのだ前世からつづく記憶のような手の相

筆圧

叱られし子はオジギソウわたしから見られぬように涙をぬぐう

われは「いる」きみは「みてあげる」と言いぬ子と二人きり一日過ごすを

子を叱りきみに怒りてまだ足りず鰯の頭とん、と落とせり

折り紙が息吹き込まれ風船となりたり実生の小さき手のなか

もうわれはお前を産み直せないから走ってゆけよここで見てるよ

はじめての子の前まわり鉄棒の鉄の匂いをてのひらに込め

4Bを使えば4Bめくことば生まれ常より筆圧強し

カッコー

きみの手の不器用をゆるしいることをわたしはいつか悔やむだろうか

子がもはや抱いて出かけることのない人形の眼は閉じたままなり

もののの名を教えるたびにでたらめの楽しさを奪うような気がする

鍵盤をさぐりしようような子の手から「カッコー　カッコー」おずおずと鳴く

もっともっと産みたかったよこの秋のコスモスが地に揺れいるくらい

七段梯子

黒鍵の音のくぐもり指に込め機嫌の悪い猫を呼び出す

「まあだだよ」鬼などいないかくれんぼ夜半のわたしを小さくさせる

子は空を見上げて歩くわたくしは子が転ばないよう手をつなぐ

きみの背打《せな》つことのない掌を広ぐ　わかってほしくて泣くわけじゃない

指の記憶だけが正しい一本の毛糸七段梯子に変えて

パパにはないしょ

過不足なく母でありたるからだかな実生が「むかし」と呼びし日々には

六歳のむかしばなしを聞きながらじゃがいもの芽をくりぬいている

いちにちの一番大事なことを言うとき子の唇《くち》は少しとんがる

いちにちの記憶ぱらぱら話し終え必ず言えり「パパにはないしょ」

七年

七年を過ごしし部屋を去らんとす床の二箇所の傷を埋めて

この部屋で初めて寝返り打ちし日の子のからだどこもかしこも柔し

常よりもきみの歩みのゆるやかに子の道草を見守りている

もう戻りこぬ時惜しむこともなく子は水色のランドセル選ぶ

丸顔が面長になりまた君に似てきし吾子のスキップみている

新しき住処に移り招き猫とサンセベリアを出窓に飾る

うかんむり小さく書きて宇宙のう空っぽのそら我に綴じ込む

聖歌

欅・公孫樹・桜・ポプラの道を抜け子の幼稚園正門に着く

子等うたう聖歌の響く園庭にわれら寒さをこらえ足踏み

十二月のカブトムシ我が掌に生の重みをあずけておりぬ

カブトムシのカブと暮らしし夏秋冬三つの季節濃やかにあり

帰宅せし子の長靴の靴底の欅の葉まだかたち保ちて

天蓋

てのひらをやさしいものと思えずに自らを擲ついくたびも擲つ

砂、小石、花びら、枯葉、鳥の羽根　子の制服からこぼれくるもの

君と子は外の空気を運びきてわが天蓋に冬星ひかる

子に生れしやわらかな心クレヨンでなく鉛筆で書かれておりぬ

ガムラン

過去からの刺客のごとくおとずれる一閃のひかりやっぱりそうか

もう誰のためだかわからないままに弁当二人分並べたり

玄関の扉の重さを押し返すとにかくここを出なければならず

このひとの逢いたいというはわれでなくただ帰りくるビールを提げて

我が知らぬ時間をまとう肉体を子とわれの入りし湯に沈めいる

しっとりと夜気を吸いたるシャツをこのひとの冥さとともに仕舞わん

些細なる嘘ほど人を苛立たすこと知らぬがに重ぬるひとは

あらうあらうあらうあらいてあらいてもあらいてもまだ、あらう、洗いぬ。

そもそもが無傷でないということだ湯を注ぎたればじ…、と啼く茶碗

ガムランの響くわたしの体内をあなたは知らぬ　知らぬままいよ

II

ランドセル

一年生なずなたんぽぽ咲く道を子象のように歩みてゆけり

ランドセル背負いて朝々学校に子の行くことが不思議でならぬ

額髪を汗で湿らせいっしんに子は雲梯をぐんぐん渡る

先生がまだ絶対である七歳　神妙に宿題をひらきぬ

数という不可思議の野に出でし子はあらゆるものに数をみつける

鉛筆がだんだん短くなってゆき子は学校に馴染みゆくらし

子の生れて七度目の春わたくしは七たび老いてもうかえらない

まだわれの受け止められるかなしみもあるのだ夜泣きの子を抱きしめて

来年

子をプールに送り出したるのちわれは蟬の骸を拾い集める

「ママいつもわらっていてね」子のくれし手紙を冷蔵庫のドアに貼る

死の数をかぞえるにあらずこの夏の忘れがたきを忘れんとして

「来年」と言わないでおく子の育ち父母の老いゆく一年《ひととせ》思い

ふるさとに会いたきひとの減りてゆきもう駅頭にひとを探さず

素　水

ほめられたい認められたいなどもはや思わなくなり手相をなぞる

自らの骨を見しことなきままに骨のかたちを指に確かむ

だれもだれも眠ってはならぬ林檎の香残るあなたの皮膚はつめたい

絶望を恋うほど若くないことを木の間こぼれるひかりに覚ゆ

日常を素水のように飲み干せばたいていのことは耐えられるのだ

星の数

大縄におそれもせずにはいりゆく子らの背中に砕ける冬日

飛ぶたびに冬日のこぼれもうここにかえってこないひともあること

一斉に通用門から走り出る「イチネンセイ」に慣れし子どもら

こわいこわいひとがこわいということを子はまだ知らなくていいのか　そうか

星の数、というほど空に星はあらず文箱に残るメモ書きを捨つ

ママ友

子は常にきみの側へと組み込まれ「宇田川実生」の名札をつける

海も山も川も花もあるふるさとにないもの多しないないづくし

お前とかあんたというあけすけな関係がいやや、いややったんや

すこしずつ少女の顔となりてゆき口をすぼめて『小公女』読む

「手向ける」の〝た〟を不思議がる子の手元「かん字ノート」の広げられおり

みお、みお、と猫鳴くように子を呼びし日のわれ母というよりけもの

ママ友というはおらねど『綾野剛写真集』貸してくるるひとある

ひとつづきの空

葉桜を新緑と言いかえている四月しずかな朝のひかりよ

収束と安易に言うこと勿れとう声の割れたる貝より聞こゆ

鉛筆を削れば香りの立つことを思いだしおり鼻と右手は

未来とはわれに無限のものでなく一・十・百・千・万・億・兆・京・垓

ひとつづきの空と思えど旅の空なれば常より長く見上げる

g g g…

ロザリオを手繰りいる手が去年よりやさしく動く種まくように

まなぶたの痩せたる春を味気なくg g g…と画面いっぱいに打つ

ＰＴＡ会室から見る子の姿　常より輪郭濃く佇みぬ

雨の打つドットの中に踏み込めばげにしずかなるせかいのはじめ

みずからをはこぶおこない蟻めきてなべてうしなうことをうべなう

沸点の低き怒りを子にぶつけ母われどうしようもなく愚か

いちまいの空の下には等分でないかなしみの水がながれる

月に駱駝

九月　この気怠き腕を垂らしつつ月に駱駝の影映したり

逃亡をするなら西へ　えいえんに朝のひかりに背を向けしまま

あたたかの〝たた〟のひびきを口中にひびかすように朝の地下鉄

空気とはよむものとなりさむざむと全休符めく沈黙ながす

いちまいの被膜のような矜持あり　そうでもせねば耐えられはせぬ

もう動かぬカブトムシ手に子は泣きぬ頭のてっぺんまで湿らせて

こんなにもかるいからだとかなしめば金木犀の花こぼれくる

薄墨色　扶呂一平氏に

外れゆく星の軌跡のそのままに黒鍵のみの音をつらねる

「また近いうちに」と言いてわかれたり　それより会わず　もう会えはせず

わが生まれ日の前日に逝きしこと薄墨色に記されており
十二月二十一日という

「短歌人」の唯一の友であったのにわたしはあなたになにもできなかった

短気且つ直情家なる君なれば誤解も多くかなしみも多く

扶呂一平も平田らたももうおらぬのか　おらぬのか平田一彦さえも

子の鼻が吾にそっくりと笑いしは北鎌倉の五月のひかり

跨線橋に佇む君を忘れ得ずそののち続く夜のふかさよ

カステラ

福砂屋のカステラ届くしっとりと刃を受け止めるカステラ届く

カステラは福砂屋と言いしひとのこと忘れぬように切り分けている

付　箋

先生に期待するなとじゅんじゅんと子に言い聞かせ便箋たたむ

サドル少し破れしわれの自転車が駐輪場にしょんぼりと待つ

なめらかに子ら発語せり「トウコウキョヒ」「ガッキュウホウカイ」「キョウイクイインカイ」

学校は気の張る場所であったこと冬の欅に教えておりぬ

「がんばれ」と言わない「負けるな」と言わないカエルのそりと校庭にいる

春浅き付箋だらけの子の辞書がことばこぼさぬように立ちおり

逃げ水

すべらかな白桃の実の実存をゆび、くちびると順につたえる

改札を子の駆け抜けてくるまでは不倫の恋のつづき読みいる

弾むごと駅の階段降りし子よ三角形の定義言いつつ

ささやきが葉の数ほどに響きたる伊勢神宮の古杉に触れる

すべらかな幹となりたる杉に触れここ過ぎゆきしひとの手よ　手よ

赤福を頬張りわらう子の腕を母はなでいるしずかにしずかに

我が実家の柱に父の刻みたる子の身長とわれの身長

逃げ水のなかに棲みいる魚《うお》の目に映れよわれのサンダルの白

くさかんむり

薄曇る空を小さく切り取りぬサランラップの芯を覗きて

秋、冬と過ぎれば吾子は「つ」でかぞえられない歳になるのだという

校帽の水色の褪せもの慣れた風となりたり三年生は

夕暮れに似た銀色のまどろみにおおきくひらくペリカンの口

かかわりのうすくなりたるひとからのメールを青き影ごと消しぬ

まなうらにしたたる雨滴溜めながら割り切れなさを余情としたり

夜毎夜毎しずかに編まれゆくものか夢の被りしくさかんむりは

かりそめ

いつもここはかりそめなのだそれなのに今日のひかりの続きを信ず

「飛ぶ」という能動のなきこのからだ夕焼けチャイム鳴る町をゆく

一月の木のあかるさよト長調を奏でしような枝々のした

くたびれた熊にまたがる子もおらずしずかに濡れゆく屋上庭園

水底の砂を踏みたる感触を忘れし足裏ひややかにあり

朝の味噌汁

親指の付け根の痛むひだり足みぎ足順に夜気にさらして

人生のゆがみかわれの両足に生れたる外反母趾の痛みは

外反母趾がいはんぼしというときの「ぼし」の音だけ耳にのこれり

ぼやけたる視野に幾百幾千とひるがえるあおき魚の鰭は

世界とは常不透明であることを椀に注ぎたる朝の味噌汁

しなやかな少女の足にのばしたる桃の香あわき保湿クリーム

日に二時間なればよき母たることもたやすからんに　口笛鳴らす

口笛の音の衰え感じつつ吹き続けたりグリーンスリーブス

ゴーフルの缶

なめらかに完成したる秋津島またばらばらに解きておりぬ

がらがらとゴーフルの缶に仕舞いたり都道府県を鷲摑みして

滋賀県がない、ないと言えばしずかなる座布団の下、滋賀県はあり

もうそこは昨日のつづきではなくて静脈の浮く皮膚のうすさよ

ていねいにはなびらいちまい持ち帰る子のゆびさきの白を包めり

わたしより友の多い子　日曜はひとりがいいと図書館にゆく

身の丈の百四十となりし子を遠くから見る　遠くへとやる

七月の草

隣り合う夕餉の卓に子の言えり「明日学校いきたくないいな」

「みおはうそついてないのに先生が信じてくれなかったんだよう」

うそついてないのに…ないのに……樫の木のようなからだをふるわせて泣く

言った者勝ちということ我慢強き子はこうやって責めを負わされ

全身で泣きいるひとのからだから七月の草のにおいしている

＊

「先生が昨日はごめんってあやまってくれたからもういいんだ」と笑む

あきらめも必要ということ覚え子は繰り返す「そんなもんだよ」

優等生であればあるほど不幸なり　子を置いてゆくシオカラトンボ

夜のボート

この夏の水辺に集う死者たちに手向けん宗旦木槿の白を

夏草のなかをよぎるは昨日からわたしに逢いに来し人の影

八月の海まぶしかりあなたよりわれの身体を濡らしてやまず

夜の海に浮かぶ二隻のボートよりさびしき二人　漂うばかり

すれ違い行き交うことをくり返しもうもどらないことに慣れゆく

濃淡のあわき声音の重なりて岸離りゆく二隻のボート

また夏は来る　くるけれどこの夏のたった一度を文箱に仕舞う

したたりし汗ぬぐいつつ紫蘇の葉を貪欲に食う蛾の子をつぶす

わたくしはわたくしのためきみはきみのために生きると手をはなしたり

キバナコスモス

いきものの気配は深夜濃くなるとカブトムシとの暮らしに気付く

人の名のどうしても出てこないときキバナコスモスキバナコスモス

冷静にひとつひとつを聞きやれば子からこぼれる「ママはつめたい」

ただ黙って聞いてほしかっただけなのだ俯瞰の視点などではなくて

すこしずつ子は将来を思うらし背《せな》をまるめて分配算解く

鏡に向かう時間の少し長くなり子は髪の毛を丁寧に梳く

来年の夏はわたしの背を越して夾竹桃に並ぶのだろう

羊の眼山羊の眼

萌え出ずる木々の呼吸に踏み入りぬ昨日の怒り思い起こせり

足裏の火照りを床に当てながらわたしのためのビールを空ける

白骨《しらほね》のゆるきカーブのいだきたる空は太古の色とはならず

皮膚感はゴムのような、と思いいる不可思議　恐竜しらぬわれらが

羊の眼山羊の眼あまたみつめくるあばらの骨の痛みたる夢

置き忘れられしはいつの言の葉か　背板外れしベンチに座り

そらみみをよろこぶからだ世界中ふるわすようなアリアの響き

十二月生まれのひとの誰彼をおもうこの世にいぬ人もおもう

シーラカンス

「なつかしい」と子の言うたびにからからと缶のころがるわたしのなかに

わたしよりやさしい娘　書きかけの手紙をそっと隠しておりぬ

二十代最後の年に言われた
「お子さんを望むときにはなんらかの治療が必要かもしれません」
望むとも望まざるとも分からねばシーラカンスの標本ひらく
禁断の果実のように思いたることもありたりわれのひとり子

ハノン

だんだんとかばんが小さくなりてゆく　なくてはならぬものなどなくて

「がんばれ」の飛び交うなかを帰りきてひとりのためのほうじ茶を飲む

こどもなどずるくて卑怯そのくらいが生きていくにはちょうどよいのよ

ゆるみたる微熱のからだ横たえて子の弾くハノン遠く聞きいる

「学校いじめ調査」とやらを
かなしみは手足に宿る　この軽きひらがな書きのいじめがきらい

Ⅲ

さくらんぼ算

新学期しずかに迎え折り紙のボートいくつも浮かべておきぬ

算数の森の入り口にて迷う子等と放課後学習にいる

さくらんぼ算なるものを吾も覚え大きくノートに書いてみせたり

長針と短針の違い言いながら白鳥の羽われは思いぬ

筆圧の弱き漢字を一字一字確かめながら丸つけをする

筆圧と自信は比例するらしき　強き漢字に花まるをする

はだかんぼう

名づければ怒りとなるであろうこれを小さくたためば風信子咲く

はだかんぼうはだかんぼうと合歓の木にささやいている今日の裏声

くらがりに湖《うみ》ひとつ隠しもつことを子はまだ知らぬそのふかき青

「学校に近づくと足が重くなる」子の書きし詩をしずかに閉じる

口うるさい親と思われたるほどでいいのだ針を身内に飲みて

眼鏡売り

真夜中に眼鏡売りきて電燈のわずかな揺れを指し示しおり

旅人算ノートに途中まで解かれ地球のどこかが凍えておりぬ

雲の嵩量る目をして見上げいるひとは旅には出ないであろう

雨粒の弾む余韻を聞きながらすれ違うとき傘かたむける

テーブルの下がいちばん眠れると部屋中移動したのちわかる

いちめんのなのはななのはな子のひらくページを満たしゆくことのはよ

夏休みまえの空気を吸い込んでデシリットルの説明をする

銀の魚

実家ではわたしに寄りつかぬ娘じいじばあばと桃をたべおり

雨を待つ夏の花たち自転車の車輪のひかりにまきこまれゆく

ざぶざぶと脛まで浸かり子は追いぬ水面を揺らす銀の魚を

どこよりも熊野の海が美しい　子にくりかえしささやきている

おわかれは苦手な娘　手を振りし祖父母に泣き笑いの顔残す

円を描く

草の名のひとつひとつをたしかめてゆくようなひび　ドアノブまわす

さびしくないことがさびしい　日の暮れにひとりちいさな円を描きつつ

夕暮れの電話はたいてい娘への電話　静かに扉《と》は閉ざされる

暦にはいつもしずかな雪が降る　誰もめくらぬ最後のページ

線香の香の立つなかをすすみゆく水のおもてにうつるてのひら

キャベツ

惑星の影を宿して末枯れたる向日葵のした蟻は行き来す

今朝の気はわたしの肺をくるしめて毛羽立つような咳の止まらず

小さき子が家の中にはいなくなりキャベツいちまいいちまいにする

生意気であればあるほどおもしろい十一歳が四人集いて

しなやかな夏の蝶々の羽を持つ少女らの背離れて見おり

刻まれしメトロノームの拍のなか干し椎茸を戻しておりぬ

書を捨てず旅にも出でずスエードの靴の馴染みていくまでの日々

死神の出で来る絵本読みやれば子等はからだをすこし固くす

バファリン

わたしがすでに壊れているのだ剝きかけの蜜柑いくつも卓に積み上げ

思いやりその「やり」にある鈍感をくだいてくだいてトイレに流す

「終活をはじめたんだ」という友の切りそろえられし爪さくらいろ

ポケットにバファリンがあるバファリンの箱の四隅をつぶしておりぬ

昨夜の夢三分前まで残りしが塩ひとつまみほどで消えゆく

キリン

いくつものゆうぐれ胸にたたみおき横断歩道の白跨ぎゆく

ひとでないものから春に変わりゆくさんがつ標本箱に仕舞えり

さんがつはキリンの編目模様からうまれるひかりてのひらに溜め

なんにもないなんにもないとうたいいる毛糸巻き取る左手丸め

ぼうりょくをしらないわたしの両の手がふるえる　ふるえをおさえふるえる

楠の木

「六年生のおねえさん」などと呼ばれいる我が子うなじをすいと伸ばして

子の中に楠の木のあり時折は春のひかりに葉をひろげいる

踵から春ははじまり惑星の自転のはやさ感じておりぬ

輪郭をはみ出しているよ駆けてゆく十一歳の逸るこころは

拍動

上滑りしてゆくことば振り払うわれの両手のぬめぬめと白

身籠ると身罷るどれも火を纏い見えぬところも焼き尽くしゆく

羽ばたきは拍動に似て曇天の空に響きし讃美歌の声

ゆうやみが支配するまで電灯はつけず体育座りにおりぬ

あらかじめ決まったことをするためにからだは動く　とりあえずする

ポン・デ・リング

ゆるき坂のぼりてゆけりその上の隙間の空のあかるさ目指し

ひそやかなわたしの洞《うろ》を知らぬ子がいちにちの負を投げ入れてくる

学校は建前でできているのだと十二歳言うこともなげに言う

余計なことは言わず聞かずと決めている子は寝る前に饒舌となる

感情の発露はそこにとどめおきポン・デ・リングをちぎって食べる

ゆびさきのよろこびゆびはくりかえし味わうポン・デ・リングちぎりて

半輪の月を見上げる帰らねばならぬわけではないのだけれど

ざらざら

葉脈をほそく通える水の声　一番好きな花と問われて

たましいの不在の時もてのひらはキウイの皮のざらざらを撫で

われの乗る舟ちいさくてこの夜に漕ぎ出だす前すべて捨てんよ

凍星を宿せる眼そんなにも昔のはなしはしなくてもいい

音を生むもののない部屋ソファーから三歩の位置にサボテンがある

小鳥の卵

甘やかな母と子である時間などあったかどうか　エアコンを切る

貝殻の欠けた部分の眠りいる砂浜または波間を踏みたい

遠雷の気配に凍りたる耳朶を二本のゆびで揉みほぐしいる

あなたとはやさしい地図だ行先も帰る先もなくただそこにある

巻貝のなかに響いているだろうあなたの声は聴かないでおく

てのひらをプラムのかたちに窪めたり小鳥の卵ねむらせるごと

茹で蛸をずんだずんだと切りながらゆうぐれという半端を端折る

あとがき

十年経った。過ぎたのではなく、経った。

この十年、自分はさほど変わらないように思うのだが、娘の方は二歳から十二歳となり、幼稚園から小学校と、毎年何かしらが新しくなる。私も義務においては堅実であろうとした結果、幼稚園・小学校の役員、読み聞かせ活動、放課後学習ボランティア、地域支援コーディネーターと、役割だけが増えていった。ときどきなにがしたいのかわからなくなることもあったけれど。

前の歌集『百年の眠り』の頃は、世界に自分の身体で切り込んでいくような気持ちだった。世界に触れている自分の身体、自分の感官のすべてで言葉を得ようとしていた。いまはひたすら言葉を汲み上げている。汲み上げてもほとんどが手からこぼれていく。手に残ったわずかなものが歌として立ち上がる。こぼれてしまったものに思いをはせても戻ってこない。戻ってこないけれど、忘れない。それを繰り返していまここにいる。

言葉と向き合うことが苦しかった。どうしたらいいのかわからない日々のなかで、やめずに何とか続けてこられたのは、「ＮＨＫ短歌」に歌集評を書く機会を得て、読む喜びをまた感じられたこと、「ロクロクの会」に参加し、同世代の女性歌人たちとの歌会や同人誌「６６」を通して、「歌が好き」という原点に立ち返れたこと、そして、なまけものでやる気を失っていた私に喝を入れ続けてくれた家族のおかげであったと思う。みなさま、ありがとうございます。

『夜のボート』は二〇〇七年から二〇一七年の作品をまとめた私の第二歌集となる。タイトルはミュージカル「エリザベート」のなかの一曲からいただいた。老境に入ったオーストリア皇帝フランツ・ヨーゼフと皇后エリザベートのかなしくうつくしいデュエットを聞くたびに、いつか私たちがたどりつく場所を思わずにいられない。

装幀は真田幸治さんにお願いした。ざっくりした希望を汲み取ってくださってありがとうございます。そして、六花書林の宇田川寛之さんには何から何までお世話になった。一冊にまとまったのは宇田川さんのおかげです。ありがとうございます。所属している「短歌人」にも感謝を捧げます。

二〇一七年十月

鶴田伊津

夜のボート

2017年12月15日　初版発行

著　者――鶴 田 伊 津
〒174-0044
東京都板橋区相生町14－1－514

発行者――宇田川寛之

発行所――六花書林
〒170-0005
東京都豊島区南大塚3－44－4　開発社内
電 話 03-5949-6307
FAX 03-3983-7678

発売――開発社
〒170-0005
東京都豊島区南大塚3－44－4
電 話 03-3983-6052
FAX 03-3983-7678

印刷――相良整版印刷

製本――仲佐製本

定価はカバーに表示してあります
ISBN978-4-907891-54-1 C0092